Lilyan Teles
Cabelindo

Ilustrações de Rubem Filho

Dados Internacionais de Catalogação na Publicação (CIP)
Angélica Ilacqua CRB-8/7057

Teles, Lilyan
 Cabelindo / Lilyan Teles ; ilustrações de Rubem Filho. -- São Paulo : Saberes e Letras, 2021.
 24 p. : il. color. (#veromundo)

 ISBN 978-65-994144-6-6

 1. Literatura infantojuvenil brasileira 2. Autoestima em crianças - Literatura infantojuvenil I. Título II. Rubem Filho III. Série

 21-3048   CDD 028.5

 Índice para catálogo sistemático:
 1. Literatura infantojuvenil brasileira   028.5

1ª edição – 2021
3ª reimpressão – 2025

Direção-geral: *Flávia Reginatto*
Editora responsável: *Andréia Schweitzer*
Assistente de edição: *Fabíola Medeiros*
Coordenação de revisão: *Marina Mendonça*
Revisão: *Equipe Saberes e Letras*
Direção de arte: *Irma Cipriani*
Gerente de produção: *Felício Calegaro Neto*
Ilustrações: *Rubem Filho*
Produção de arte: *Tiago Filu*

Nenhuma parte desta obra pode ser reproduzida ou transmitida por qualquer forma e/ou quaisquer meios (eletrônico ou mecânico, incluindo fotocópia e gravação) ou arquivada em qualquer sistema ou banco de dados sem permissão escrita da Editora. Direitos reservados.

Cadastre-se e receba nossas informações
sabereseletras.com.br
Telemarketing e SAC: 0800-7010081

Rua Botucatu, 171 – Vila Clementino
04023-060 – São Paulo – SP (Brasil)
(11) 2125-3575
editora@sabereseletras.com.br
© Instituto Alberione – São Paulo, 2021

Ao meu filho Ulisses,
que carrega sua bela coroa crespa dourada na cabeça...
À rainha minha mãe Dona Carmem,
pela vida, por tudo
e a toda nossa ancestralidade.

Passei alguns dias pensando como seria este texto. Ele se revirou e se encaracolou, fiquei meio enrolada... Então pensei que os cabelos das pessoas negras nos levam a pensar de onde vieram nossos ancestrais.

Quando eu era criança, recebi muitos apelidos na escola. A maioria tinha a ver com a textura dos meus cabelos. Diziam que parecia palha de aço – e nomeavam as marcas mais conhecidas. Tempos difíceis, de muita dor e dificuldade para aceitar o meu cabelo natural.

Lembro-me que na infância revirava as fotos de casa e via uma família de mulheres que alisavam os cabelos. Minha mãe em sua foto de casamento com os cabelos lisos me fazia pensar que havia algo errado comigo. Então perguntei: "Mãe, por que você não alisou o cabelo quando estava grávida de mim?". E ela, sem entender, perguntou: "Por quê?". Eu prontamente respondi: "Porque assim eu nasceria com os cabelos lisos".

Chegar hoje aqui e narrar esse acontecimento da minha história também é revelar o que acontecia do lado de fora. O mundo dizia para aquela criança que a textura de seus cabelos não era bem-vinda, que ela não era bonita.

Essa história certamente se repetiu com muitas outras crianças e, provavelmente, com a de quem lê este livro agora.

Depois de muitos anos, muita resistência e luta, estamos aqui, falando para todas as crianças, todas as pessoas negras, que nosso cabelo é lindo, nossa ancestralidade revela muitas riquezas e muita realeza. Hoje somos reis e rainhas desfilando com nossas coroas, lembrando diariamente de onde viemos. E é nesta intenção, para trazer ainda mais representatividade aos pequenos com seus cabelos crespos, que esta poesia transformada em ilustração vem habitar as mentes com a infinidade de beleza, doçura e amor que cabe nestes fios.

Ele é minha coroa,
Vai pra cima, numa boa.
Sorte a minha, eu sei
Que sou rainha, sou rei.

Ai ai ai, meu cabelinho!
Ele é como uma mola,
Se enrola e se enrola,
Gosta de ficar juntinho.

Ele adora um desafio!
Quando encosta em outro fio,
Gruda e fica apertadinho.
Ai ai ai, meu cabelinho!

Deixa ele crescer!
Se olhar, você vai ver:
De pertinho,
É um bambolê bem pequenininho.

Vai chegando de mansinho,
Bem pertinho, bem pertinho.

17

Ele gosta é de abraço.
O fio chega, dá um laço,
Às vezes, dá um nó,
Ele nunca fica só.

Ai ai ai, meu cabelinho!
Ele fica lindo assim!
Há quem chame pixaim,
Mas é todo lindo em mim.